AF186888

freche Haare

Shirt

kurze
Hose

Bibliografische Information der Deutschen Nationalbibliothek:
Die Deutsche Nationalbibliothek verzeichnet diese Publikation
in der Deutschen Nationalbibliografie, detaillierte bibliografische
Daten sind im Internet über http://dnb.dnb.de abrufbar

Originalausgabe April 2020
Texte Copyright © 2020 by Marcus Becker
Bilder © bei den jeweiligen Künstler_innen

Herstellung und Verlag:
BoD – Books on Demand, Norderstedt

„Kalles Kram im Kopf" erscheint jeden Sonntag auf facebook.
Von Marcus Becker verfasst.

Lektorat: Gesine Otto
Gestaltung und Satz: Bianca Schützenhöfer
Printed in Germany

ISBN: 978-3-7519-4828-9

Dankbarkeit

Hitze Kalles

Terror

Liebe

G20

Paris

Jahresrückblick

Gemeinschaft

Kram

Dinge

Freiheit

Hitze

im

Leben

Gewissen Nix

Gerüchte

Vadder Verletzung

Kapitalismus

Stille

Typen

Silvester

Kopf

Es hat sich einiges geändert bei Kalle. Seitdem eine Person regelmäßig illustriert. Muss er liebgewonnene Gewohnheiten aufgeben. Anpassen. Die Gedanken wesentlich früher einigermaßen geordnet zu Papier bringen. Zu Computer. Immer noch gemütlich. Immer noch mit Kaffee. Aber nicht mehr sonntags. Sondern bereits am Mittwoch. Im Bestfall. Der selten eingetreten ist. Damit Petra auch noch Zeit hat, kreativ zu werden.

Irgendwie ist das ein Riesenunterschied. Ob man mitten in der Woche. Oder am Ende derer kreativ ist. Mittwochs ist die Woche noch in vollem Gange. Das Wochenende gefühlt gerade erst her. Arbeit. Buntes Treiben und Trubel draußen. Pulsieren. Flow. Das Hamsterrad steht kaum still. Power. Jederzeit kann etwas passieren. Wichtig sein. Die Welt beeinflussen. Die Woche hat noch so viel zu bieten. Ereignisse. Events. Highlights. Themen. Sensationen. Katastrophen.

Am Sonntag hingegen ticken die Uhren ein wenig geruhsamer.

Hat alles ein wenig was von Pause. Zeit für ein Fazit. Resumée. Rückblick. Doch wie soll man am Mittwoch schon absehen können. Was am Sonntag resümiert werden will. Ein Ding der Unmöglichkeit. Und es soll immer noch nach Kalle klingen.

Kalle schmeckt Veränderung an sich schon einmal gar nicht. Gewohnheitstier. Ritual-Freak. Konservativ ist gar kein Ausdruck. Auch wenn er protestieren würde, so bezeichnet zu werden. Schein und Sein. Wunsch und Realität. Der kleine Revoluzzer in ihm. Wäre gerne stärker. Dominanter. Unnachgiebiger.

Immerhin kann er das alles in seinen Gedanken sein. Kalle assoziiert sich durch die Welt. Und lässt uns daran teilhaben. Herzlich willkommen zu „Kalles Kram im Kopf":

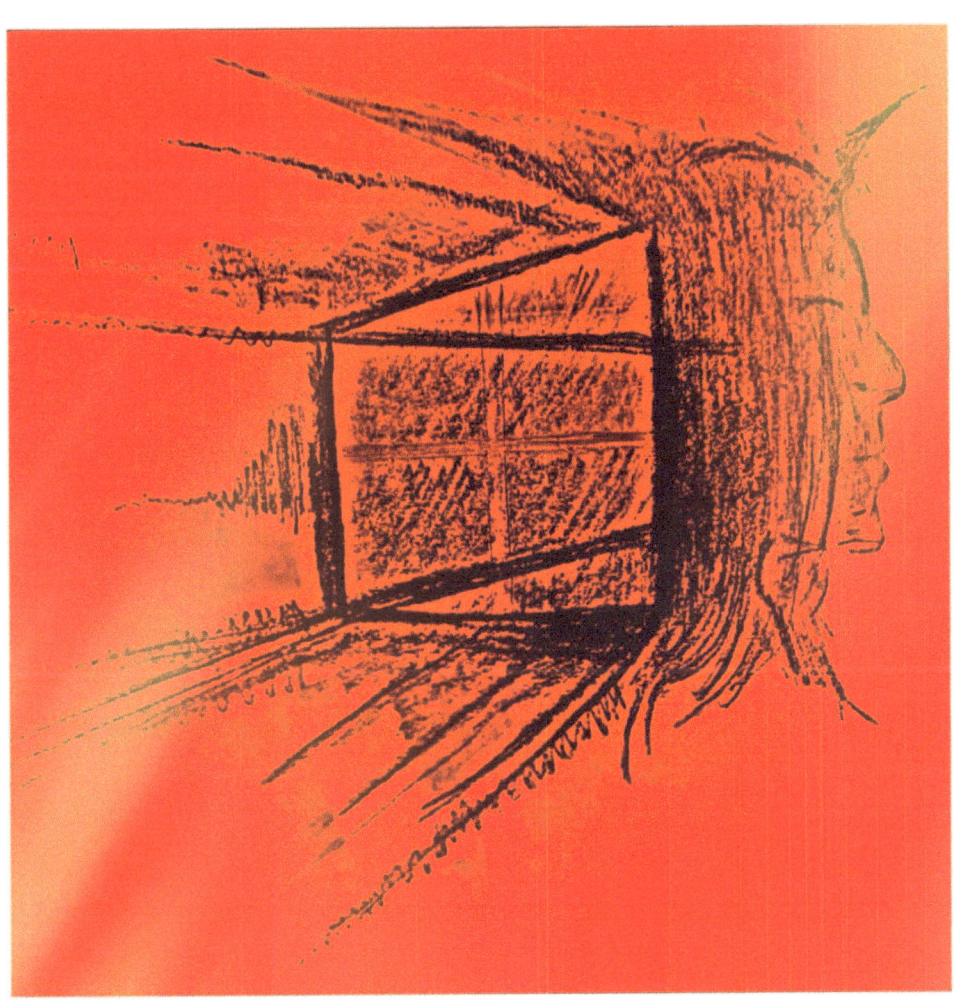

Kalle denkt:

Typen. Gibt es sonderliche. In unserem Bezirk gleich zwei. Der eine hat einen lustigen Hut auf. Einen Bart. In dem meist Spucke hängt. Oder Bier. Oder Teile des Mittagessens. Er will Geld. Auf eine fast kindliche Art. Trällert ein Lied vor. Nur die Melodie mit „La". Mit einem Abschluss-Satz: „Wenn man an einer Gitarre zupft, kommt ein Ton." Mit langgezogenem O. Viele lassen ihn links liegen. Ich unterhalte mich mit ihm. Frage, wie es ihm geht. Früher antwortete er immer „schlecht". Bis ich meinte, dass das schade wäre. Seitdem bemüht er sich, „gut" zu sagen. Hat neuerdings entdeckt, dass seine Zielgruppe vor der Volksschule zu finden ist. Beim Bringen. Er weiß, dass es von mir erst etwas am Nachmittag gibt. Für Bier. Kein Bier vor Vier. Und wenn er kein Geld bekommt, wird er laut. Manche Kinder schauen ihn mit großen Augen an. Machen einen Bogen um ihn. Der andere hat immer eine zerrissene Jeans an. Zerzotteltes Haar. Fährt den ganzen Tag Öffis. Steigt ein. Fragt Frauen, ob er sie auf ein Bier einladen dürfte. Kommt nicht immer gut an. Letztens hat er ein paar aufs Maul bekommen. Weil er ein Mädchen fragte. Mit dem Aussehen eh keine Aussicht auf Erfolg. Aber vielleicht ist genau das Programm. So geliebt werden. Anerkannt werden. Mich würde seine Erfolgsquote interessieren. Und ob er mit mir auch ein Bier trinken würde. Ich würde gerne mehr darüber wissen. Von beiden. Warum und seit wann und überhaupt. Interesse auch an diesen Menschen. Vielleicht noch mehr als an Normalos. Von denen gibt es eh genug. Außer-gewöhnliche Sache . . .

Kalle denkt:

Nix. Gar nix. Tun. Fertig sein. Fix und fertig. Sich ausklinken. Platt. Ausgelaugt. Am Ende meiner Kräfte. Das Leben läuft einfach mal ohne mich weiter. Facebook aus. Handy aus. Fernseher aus. Keine Musik. Nur die normalen Geräusche. Die kenne ich gar nicht. Sich aufs Bett legen. Einfach nur da liegen. Denken. Sein. Sich spüren. Wie man so aufliegt. Die Gliedmaßen von sich streckt. Entspannen. Den Gedanken zuschauen. Wie sie kommen und gehen. Nix festhalten. Dem Ganzen auch keinen Namen wie Meditation aufdrücken. Der Kopf bebt. Verarbeitung. Das nicht lange aushalten können. Die To-Dos schleichen sich ein. Einkauf. Was esse ich heute. Vielleicht mal gar nix. Oder das, was eben da ist. Und wenn nicht, kann man sich was bringen lassen. Eine Sorge weniger. Viel zu viele Sorgen. Um die Zukunft. Das Bankkonto. Was alles nicht klappt. Was alles getan werden müsste. Zwingen zu positiven Gedanken. Was alles gut läuft. Merken, dass es eigentlich Jammern auf hohem Niveau ist. Aber nur, weil ich was zu essen und ein Dach über dem Kopf habe, darf ich doch trotzdem Probleme haben. Sind halt anders. Hauptsächlich für mich existentiell. Belasten dennoch. Beschäftigen einen. Und wenn dann noch viel zu tun hinzukommt. Das personifizierte Urlaubsbedürfnis. Urlaub. Den muss ich auch noch planen. Müssen. Was für ein Scheiß Wort. Ich muss nur sterben. Alles andere ist eine freiwillige Leistung. Irgendwann auf dem Bett wegdösen. Schlaf als höchste Form der Entspannung. Pausende Sache . . .

Kalle denkt:

Gerüchte. Hörensagen. Stille Post. Worte können Dynamiken entfachen. Nicht umsonst sagt man, dass die Feder stärker sei als das Schwert. Zweischneidig. Zweideutig. Ob beabsichtigt oder nicht. Unbedacht ausgesprochen. Was ist die Wahrheit wert? Wahrheit an sich gibt es gar nicht. Denn jeder hat seine eigene Wahrheit. Nehmen wir die Schilderungen eines Abends. Mit sieben Beteiligten. Das sind sieben Geschichten. Sieben Versionen der Wahrheit. Und sieben Mal stimmt es. Subjektiv erlebt zumindest. Vor Gericht darf es aber nur eine Version geben. Die Wahrheiten werden eingestampft. Verglichen. Die Essenz extrahiert. Und am Ende gibt es immer noch zwei Storys. Die des Klägers. Und die des Angeklagten. Über die jemand richten darf. Falschmeldungen bewusst gesetzt machen Politik. Als Post. Der die Runde macht. Und in den Köpfen hängenbleibt. Die Richtigstellung interessiert keinen mehr. Weniger Klicks. So wird Wahrheit konstruiert. Mit Sprache. Was, wenn die Flüchtlingswelle als humanitäre Herausforderung dahergekommen wäre? Kein Strom, keine Masse, sondern Menschen, die Hilfe brauchen. Was, wenn wir nur noch in der weiblichen Form redeten? Männer würden sich diskreditiert fühlen. Alles schon vorgekommen. Belehrungen. Besserwisserei. Klugscheißen. Lügen. Hintergehen. Ich schwör. Sprachliche Spitzfindigkeiten. Mehr miteinander reden. Statt übereinander. Zuhören. Auf einer Ebene. Und Gerüchten den Nährboden entziehen. Gerechtere Sache . . .

Kalle denkt:

Vadder. Mittlerweile schon 12 Jahre tot. Geburtstag. An ihn denken. Nicht nur dann. Allgegenwärtig. Wenn auch selten bewusst. In mir drin. Hat mich maßgeblich beeinflusst. Sozialisiert. Vergisst man gerne. Manchmal merke ich im Handeln, dass er da gerade agiert. Dass ich gerade wie er bin. Manchmal erschreckend. Aber irgendwie auch schön. Eigentlich. Schließlich die Wurzeln. Bis zur Trennung zumindest. Danach war es nicht mehr so rosig. Feste Zeiten. Immer nach dem Fußball. Am Wochenende. Mein größter Kritiker. Sollte mich wahrscheinlich anspornen. Alte Schule der Motivation. Er wusste es nicht besser. Diese Generation eh nicht. Krieg. An der Flak. Unvorstellbar. Angst. Fürs Vaterland. Danach schaffen. Hackeln. Wirtschaftswunder. Wohlstand. Coole Kindheit. Alles da. Nur er nicht. Immerhin nach Feierabend. Wann wurde Geld so wichtig? Und warum? Geschäft aufgebaut. Für den Sohn. Der das nicht wollte. Man will doch, dass es der eigene Nachwuchs gut hat. Und dann will der selbst darüber entscheiden, was gut für ihn ist. Undankbar. Aufopfern. Zu seinem Wort stehen. Das eine Geschäft beenden. Wie man es gesagt hat. Ein anderes beginnen. Sonst Langeweile. Bis es nicht mehr ging. Auswandern. Einsam. Selbst gewählt. Das ganze Leben geschafft für so ein Ende. Wahnsinn. Würde mich gerne noch einmal mit ihm unterhalten. Einfach nur unterhalten. Von Mann zu Mann. Versohnliche Sache . . .

Kalle denkt:

G20. Treffen der Regierungschefs. Nicht aller. Erlauchter Kreis. Der sich mit den Weltproblemen beschäftigt. Wo ist Afrika? Wann dürfen die mitbestimmen? Wieso, Südafrika ist doch dabei! Repräsentieren immerhin 64 % der Weltbevölkerung. Und 88 % der BIPs. Treffen in einer Stadt. Mittendrin. Sicherheitszonen. Abschotten. Über 20.000 Polizisten. Verstärkung anfordern. Denn G20 besitzt eine gewisse Anziehungskraft. Für solche, die mit der Politik nicht ganz einverstanden sind. Und solche, die sie so schlecht finden. Dass sie offensiv etwas dagegen tun. Schwarzer Block. Nur was haben brennende Autos mit Kritik zu tun? Geplünderte Geschäfte? Verwüstete Straßen. Brennende Barrikaden. Auf Dächern der Polizei auflauern. Der Protest, der sich selbst glorifiziert. Sich ins Abseits manövriert. Sich keine Freunde macht. Und damit auch den Protest in Frage stellt, der inhaltlich ist. Es gäbe viele Punkte, die man kritisieren kann. An der Veranstaltung. An der Politik. Muss man in die Elbphilharmonie? Wie viele Fronten kann man verteidigen? Gegengipfel. Kaum in den Medien. Aber da. Politik dauert lange. Verhandlungen. Bilateral. Multilateral. Kleine Schritte vorwärts. Zugeben. Nachgeben. Diplomatie. Selbst Trump kommt langsam dahinter. Tumbes Draufschlagen hat nix mit Protest zu tun. Wenn Unzufriedenheit unglaubwürdig wird. Radikalismus ist immer Scheiße. Egal ob rechts, links oder religiös. Trifft meist die Falschen. Zieht Konsequenzen nach sich. Noch mehr Sicherheit. Entsprechende Gesetze. Gegenteilige Sache . . .

Kalle denkt:

Hurensohn. Regt mich gar nicht auf. Weiß, dass man mich damit nur aus der Reserve locken will. Mich provozieren will. Materazzi vs. Zidane. Auch wenn es dabei um die Schwester ging. Familie eben. Besonders beliebt auf dem Fußballplatz. Oder wenn ich einen Südländer vor mir habe. Und den schnell auf 180 bringen mag. Geht mit dem Wort ganz schnell. Kann ich nicht nachvollziehen. Bin halt Deutscher. Ohne Ehre. Opfer. Kenne meine Mutter. Weiß, dass das nicht stimmt. Und was der Andere bezweckt. Wie aus der Sache wieder rauskommen? Sich aufregen. Darauf eingehen. Körperlich werden. Und damit genau das bedienen, was gewollt ist. Einfach weggehen. Wird als Schwäche ausgelegt. Wieso eigentlich? Warum bin ich schwach, wenn ich die körperliche Auseinandersetzung vermeide? Ist das nicht eher schlau? Weitsichtig. Konfliktvermeidend. Soll der seine Provokation doch woanders anbringen. An die Folgen denken. Klopperei. Krankenhaus. Anzeige. Gerichtsverfahren. Verurteilung. Dieses Programm ist bei manchem nicht vorhanden. Die müssen in den Konflikt gehen. Antrainiert. Ansozialisiert. Falschverstandene Stärke. Nur körperlich definiert. Verbaler Schlagabtausch. Pfiffige Antworten. Mitunter auch provokativ. Du könntest Dir meine Mutter gar nicht leisten. Meine Mutter nimmt keine Loser. Meine Mutter ist so exquisit, das würde mich sehr wundern, wenn sie Dich rangelassen hätte. Der Andere ist schon bei exquisit ausgestiegen. Intellektuell-überlegenere Sache . . .

Kalle denkt:

Paris. Mit dem Auto. Jeder hat Vorfahrt. Zwischendrin wuseln Vespas. Ampeln sind Franzosen egal. Maximal Blechschäden. Croissants. Was machen sie anders, dass man das woanders nicht so hinbekommt. Teuer. 10,-- € für einen Milch-Shake im Centre Pompidou. 8,50 € für zwei Kugeln Eis woanders. Frisches Baguette. Nur mit Käse. Zum Reinbeißen. Lecker. Café Crème. Champs-Élysées. Die Tribüne der Parade wird abgebaut. Da saß Trump. Sogar hier denkt man an ihn. Mona Lisa. Louvre ansonsten fast langweilig. Aber da staut es sich dann. Ungeheuerlicher Lärmpegel. Nicht meine Kunst-Epoche. Eiffelturm. Sicherheit. Schere bleibt dennoch unentdeckt. Ganz oben. 747 Stiegen hoch. Plus ein Fahrstuhl. Runterschauen. Alles wirkt klein. Spielzeugautos. Auf der 1. Ebene ist es noch wirklich nah. Auf der 2. dann unwirklich entfernt. Über das Glas gehen. Irgendwann nach unten blicken. Für jemand mit Tiefensehnsucht eine Herausforderung. Er blinkt abends zur vollen Stunde. Unten hinsetzen und staunen. Genervt sein von den ganzen Händlern. Nein, kein Bier oder Champagner. Auch keinen Wein. Oder Leuchtspielzeug. Einen Abstecher zu Jim. Andere entdecken. Chabrol. Bécaud. Opfer aus dem Bataclan. Schloss-Armada auf Pont Neuf. Eine Trauerweide am Ende der Insel. Wahnsinnsüberblick von Sacré-Coeur. Überall Minions. Die Werbemaschinerie funktioniert. Segelboote im Jardin du Luxemburg. Keine echten. Aber ein Theater. So viel zu sehen. Orangina. Obdachlose. Oh làlà. Jeanette und Clodette mit Cigarette. Magnifique Sache . . .

Kalle denkt:

Dankbarkeit. Für das, was ist. Den Urlaub. Das Dach über dem Kopf. Den Nicht-Krieg. Die gesundheitliche Versorgung. Die vergleichsweise banalen Probleme. Die subjektiv dennoch immens wichtig sind. Fließendes Wasser. Auch noch sauber. Sauberer geht's gar nicht. Für Meinungsfreiheit. Demokratie. Religionsfreiheit. Familie. Freunde. Die ich meist ungehindert besuchen kann. Für ein Konto. Und das bisschen Geld darauf. Für Vertrauen. Relative Sicherheit. Relativ unabhängige Medien. Uneingeschränkten Zugang zum Internet. Bücher, die ich lesen darf. Für das Bierchen, das ich öffentlich trinken darf. Ohne eine braune Tüte drumrum zu packen. Für Entscheidungen, die in meiner Hand liegen. Gestaltungsmöglichkeiten. Im Großen wie im Kleinen. Für Kunst, die sich nicht verstecken muss. Die anecken und aufrütteln darf. Meinetwegen auch für Glotze. Handy. Auto. Für eine Gewerkschaft. Ein soziales Netz. Natur. Generationenvertrag. Für Unterstützung durch die Gemeinde. Durch das Umfeld. Für so vieles. Mal nicht Meckern. Sich vergegenwärtigen, was man eigentlich alles hat. Was selbstverständlich ist. Aber nicht für alle. Und was man dazu beitragen könnte, dass nicht nur wir einen dicken Batzen vom Kuchen abbekommen. Dass unser Stück vielleicht kleiner wird. So, dass wir immer noch satt werden. Dass Andere aber eben auch satt werden könnten. Jetzige und kommende Generationen. An-Andere-denkende Sache . . .

Kalle denkt:

Hitze. Im Sommer. Nicht unbedingt ungewöhnlich. Aber natürlich störend. Genauso wenn es zu kalt wäre. Dann kein richtiger Sommer. Irgendwas gibt es immer zu meckern. Cornetto hat Lieferschwierigkeiten. Warmes Trinken soll besser sein. Auch wenn sich kalte Getränke wesentlich befriedigender anfühlen. Aber dann muss der Körper das erst abkühlen. Verbraucht Energie. Was den Körper anstrengt. Schwitzen. Eh ein Dauerzustand. Schwitzen. Duschen. Abtrocknen. Und schon wieder schwitzen. Aber nicht duschen ist auch keine Option. Also viel trinken. Schatten. Drin bleiben. Wasser. See. Swimming Pool. Fächer. Oder Mini-Ventilator. Aber nicht mit Batterie. Wegen der Umwelt. Sondern mit Aufziehen. Handbetrieben. Viele Strategien. Lange pennen. Spät ins Bett. Wenn man es sich leisten kann. Eis. Einfach mal alle Sorten durchprobieren. Selbst machen. Gazpacho. Netter Versuch. Kalte Wickel. Nicht nur zum Lachen in den Keller gehen. Tram fahren. Wegen der Klimaanlage. So auch im Kino. Auch wenn man da nicht hin soll, wenn es draußen schönes Wetter hat. Komische Logik. Im Kühlhaus einmieten. Pathologie. Meditieren. Sich vorstellen, man wäre in der Wüste. Und sich dann freuen, dass es nur Sommer hier ist. Leichte Kleidung. Am besten nackt. Leichtes Essen. So ca. 100 Gramm. Kein Sport in der heißen Zeit. Bei Hitzeschlag zurückschlagen. Hut oder Mütze auf dem Kopf. Und Sonnenschutzfaktor 50+, auch wenn man erst 45 ist. Brodelnde Sache . . .

Kalle denkt:

Ausmisten. Umräumen. Aufräumen. Loslassen. Schwierig. An vielen Dingen hängen Erinnerungen. Bei manchen weiß man nicht mehr welche. Dann weg. Alles, was man in den letzten 5 Jahren nicht mehr in der Hand hatte. Braucht man jetzt auch nicht mehr. Könnte man. Eventuell. Vielleicht. Doch. Nein! Platz schaffen. Umarrangieren. Verändern. Hat immer was Positives. Regale erweitern. Staub. Bei der einen oder anderen Broschüre doch hängen bleiben. Schmökern. Weißt Du noch? Und dann ab in den Mistkübel. Bilder abhängen. Möbel umstellen. Sinn suchen. In der Küche besonders schwer. Weil Lebensmittel. Auf das Verfallsdatum schauen. Wäre praktischer, wenn es das bei anderen Dingen auch gäbe. Bei Klamotten. Aber kommt ja alles wieder. Bei Büchern. DVDs. CDs. Das sind drei Dinge, bei denen ich mich schwer tue, sie zu entsorgen. Egal wie. Das bin zum Teil ich. Wofür ich stehe. Mein Geschmack. Auch wenn der sich ändert. Dann steht er eben für eine Epoche. Picasso hatte auch seine blaue Periode. Und ich eben meine, in der ich ??? gehört habe. Der fromme Wunsch, das Ausgemistete auf dem Flohmarkt zu veräußern. Stattdessen Kartons im Weg. Die Absicht, nicht mehr so viel anzuhäufen. Besitz ist ja sowieso eine komische Sache. Es wird anders kommen. Denn man richtet es sich ein. Im doppelten Sinne des Wortes. Hortende Sache . . .

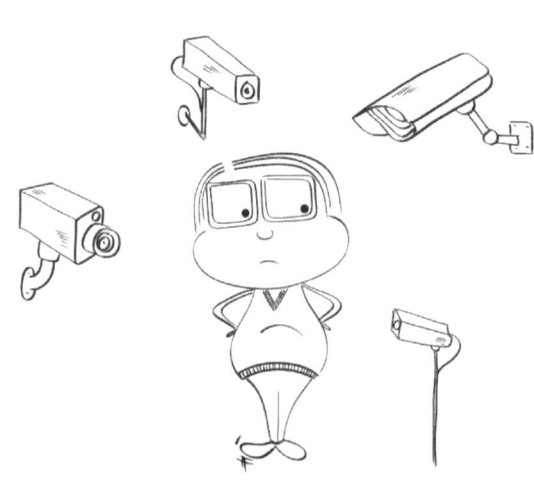

Kalle denkt:

Terror. Schon wieder. Die Orte austauschbar. Jedesmal Betroffenheit. Schweigeminute. Applaus. Zusammenrücken. Berichterstattung. Sondersendung. Und viele Fragen. Wieso hatten sie nur Attrappen von Sprengstoffgürteln an? Wieso passiert nicht viel mehr? Sind die so unfähig oder sind unsere Sicherheitsorgane so gut? Wieso machen sie es nicht richtig? Trinkwasser vergiften, Flughafen in die Luft sprengen, Großoffensive, Apokalypse. Wer macht das? Was wurde denen versprochen? Kann man so voll Hass sein? Wo und wie rekrutiert man Selbstmordattentäter? Und was wollen sie? Ich habe keine Angst. Ich gehe weiterhin dorthin, wo ich hingehen will. Besuche Großveranstaltungen. Ohne flauem Gefühl im Magen. Vielmehr abgestumpft. Gehört fast schon zum Alltag. In anderen Ländern ist es Alltag. Würde vielleicht anders denken, wenn jemand betroffen wäre, den ich kenne. Aber so? Barcelona, London, Turku. Schrecklich. Aber ist so. Morgen vielleicht Wien. Mainz. Irgendwo sonst. Mit Sicherheit. Hilft noch mehr Sicherheit? Noch mehr Soldaten. An jeder Ecke. Betonpfeiler an jeder Straße. Sicher nicht. Autofreie Innenstädte? Sie werden einen anderen Weg finden. Keine anderen Ideen als Grenzen zu schließen. Und mehr Kameras. Dialog geht ja schlecht. Nach den Drahtziehern fahnden. Naive Vorstellung, dass mehr Gerechtigkeit in der Welt etwas ändern könnte. Wer zufrieden ist, sprengt sich nicht in die Luft. Käme also auf einen Versuch an. Grübelnde Sache . . .

Kalle denkt:

Wahlkampf. Bilderflut. Keine Laterne ohne Wahlplakat. Lächeln für den Sieg. Slogans. Give-aways in Fußgängerzonen. Überzeugungsarbeit. Alle vier Jahre das gleiche Spiel. Mich würde Arbeit überzeugen. Wieso versprechen und nicht machen? Wieso ein neues Parteiprogramm erstellen? Was ist an dem alten, an dem ich mich doch gerade abarbeite, so schlecht? Welt dreht sich weiter. Aber letztlich geht es viel um Pfründesicherung. Um Macht. Anders ist ein Übertritt einer Grünen-Politikerin zur CDU und damit der Fall einer Länderregierung nicht zu erklären. Intransparenz. Wer trifft die Entscheidungen. Wer hat das Sagen. In welchem Dienst steht ein Politiker? Was ist mit der Glaubwürdigkeit? Politikverdrossenheit. Kann es nachvollziehen. Die einen populistisch, die anderen wie immer. Letztlich sind alle Versprechen nur Vorschläge, die dann in einem Parlament auf einen Kompromiss herunterreduziert werden. Demokratisch. Vom Grundsatz her nicht schlecht. Herrschaft des Staatsvolks. Die Ordnung der politischen Gemeinschaft soll sich auf Gerechtigkeit gründen. Jeder als moralische Instanz. Fühlt sich nur nicht immer so an. Historisch hat noch nie ein Gesellschaftssystem überlebt. Wurde immer von einem anderen abgelöst. Bin deshalb gespannt, was nach der Demokratie kommt. Macron nimmt das mit der Volksherrschaft wieder ernster. Nicht nur Berufspolitiker. Könnte ein Weg sein. Anarchie. Oder das mit dem Sozialismus mal richtig ausprobieren. Möglichkeitende Sache . . .

Kalle denkt:

Veränderung. Das einzig Beständige in unserem Leben. Jeden Tag. Ein graues Haar mehr. Ein Haar weniger. Wenn es nur eins wäre. Fältchen. Fettpölsterchen. Innere Reife. Erfahrung. Traditionen und Rituale. Wichtig. Verleihen Sicherheit. Sind vor Veränderung aber nicht gefeit. Früher dauerte eine Generation 20 Jahre. Heute nur noch acht. Veränderung ändert sich schneller. Manchmal zu schnell. Hängt manche ab. Fortschritt. Neu ist gut. Aber nicht unbedingt besser. Es muss anscheinend immer ein neues IPhone geben. Eine neue FIFA-Version. Update langt nicht. Geld verdienen. Und wir stellen uns brav an. Haben unser Leben ganz schön verändert, diese Smartphones. Für alles eine App. Ap(p)eritif ist mir die liebste. Und Veränderung ist schwer. Wenn es an uns geht. Ändern können wir nur uns selbst. Einen anderen nie. Jedenfalls nicht gegen dessen Willen. Therapie ergibt nur freiwillig Sinn. Ist trotzdem hart. Deshalb scheitern Vorsätze auch so gerne. Weil wir was ändern müssten. Meist nur das Ziel definieren. Den Endzustand. Und keine Ahnung haben, wie der Weg dahin sein könnte. Als Raucher will ich nicht mehr rauchen. Auch tricky. Negativ-Ziele versteht unser Gehirn nicht. Weg-von ist schwieriger als Hin-zu. Und wenn wir etwas lieb gewonnen haben. Als Eigenschaft. Dauert es noch einmal länger, das zu lassen. Oder zu verändern. Für wen eigentlich? Stört es mich? Dann wird die Motivation höher sein. Stört es jemand anderen? Dann: Nicht-müssende Sache . . .

Kalle denkt:

Verletzung. Irgendwas funktioniert nicht mehr richtig. So wie es sein sollte. Am Körper. Schmerzen. Die unangenehmen. Zähne. Kopf. Achillessehne. Erst mal eine Aspirin. Oder Ibuprofen. Für manche ein Dauerzustand. Allzweckmittel. Medikamente. Untersuchungen. Röntgen. MRT. Mit Kopfhörern. Da muss mal ein Sounddesigner ran. Beeinträchtigt im Alltag. Läuft nicht mehr rund. Gedanken über Abläufe, die normalerweise automatisch passieren. Wie gehe ich eigentlich? Denkt man nicht bewusst drüber nach. Macht man jahrzehntelang. Plötzlich ist das falsch. X-Beine. O-Beine. Druckpunkte. Umlernen. Übungen. Konservativ behandeln. Auf Operation keinen Bock. Physio. Schauen, was geht. Was noch nicht. Was überhaupt noch. Schuhwerk. Einlagen. Das Alter? Wenn sich auf einmal das bemerkbar macht, was immer funktioniert hat. Verschleißerscheinungen. Zipperlein. Alles rächt sich. Rauchen. Trinken. Fleisch essen. Doof gehen. Halt nicht bei jedem. Und auch nicht zwangsweise. Weshalb jeder denkt, dass es einen selbst nicht erwischt. Solange sie da ist, weiß ich Gesundheit nicht zu schätzen. Erst dann, wenn sie weg ist. Merke ich, dass sie da war. Umdenken. Wer hat recht? Arzt Nr. 1. Die zweite Meinung. Oder ein Homöopath? Den zahlt die Krankenkasse nicht. Quacksalber. Vertrauen. Muss ich an Medizin glauben, damit sie wirkt? Medizinmann. Was hat es den Indianern gebracht? Dann doch lieber die 4 Vitamine aus Ludwigshafen. Oder was von ratiopharm. Werbung wirkt. Verdammte Sache . . .

Kalle denkt:

Dinge. Manche. Sind eben so. Waren schon immer so. Und werden auch immer so sein. Obwohl wir es eigentlich besser wissen müssten. Und entsprechend handeln könnten. Das Zeug beim Macces oder Mäcki ist nicht wirklich gesund. Wird trotzdem gegessen. Milch ergibt keinen Sinn. Ist für heranwachsende Kälber. Massentierhaltung produziert nicht nur CO_2, sondern auch minderwertiges Fleisch. Ist halt billig. Plastiksackerl braucht niemand. Und in Plastik eingepackte Bio-Gurken erst recht niemand. Der Regenwald an der Elfenbeinküste wird gerodet, damit wir den Kakao genießen können. Wegen der Glückshormone. Aber denen erlauben, ihre eigene Schokolade herzustellen, ist nicht drin. Konzerne verdienen massig mit Markenprodukten. Sie werden trotzdem gekauft. Image ist alles. Kleine Kinderhände nichts. Wir schauen uns Assi-TV an anstatt selbst zu leben. Lachen Leute dafür aus, dass sie Träume haben. Weil viele schon das Träumen aufgegeben haben. Wählen rechte Parteien, weil sie laut sind. Aber keine Entwürfe bieten. Wollen dauernd in den Urlaub fliegen. Was ist schon der ökologische Fußabdruck? Rauchen. Schauen oft zu tief ins Glas. Heiraten bei der Scheidungsquote. Und wieder. Halten krampfhaft an diesem Beziehungskonzept fest. Fahren alleine Auto. Jeden Tag. Raffinierter Zucker ist in verdammt vielen Lebensmitteln. Warum? Entwerfen Waffen, die in fernen Ländern für was eigentlich kämpfen. Schauen auf ein kleines Ding in unserer Hand anstatt mit offenen Augen der Welt zu begegnen. Malrausmüssende Sache . . .

Kalle denkt:

Geld. Regiert die Welt. Leider nicht mein Portemonnaie. Da meistens abstinent. Die Frage nach dem „Wieviel". Brauche ich. Muss es immer mehr sein? Wie viel kostet die Zufriedenheit. Oder Sorgenlosigkeit. Spekulieren. Bank bringt nix mehr. Börse. Ist mir zu kompliziert. Stier. Ellenbogen. Aber häufig erfolgreich. Eigene Welt. Eigene Sprache. Eigene Gesetze. Wie wetten. Ratings. Geschäfte mit Pleiten. Missernten. Glücksritter. Cooler Film. Wenn auch nicht alles verstanden. Wenn alle ihr Geld von der Bank auf einmal abheben würden, hätte die Bank Probleme. Naja, wird eh gerettet. Wichtig für die Volkswirtschaft. Island zeigt, dass es auch anders geht. Sowieso sympathisch, diese Isländer. Spielen auch noch adrett Fußball. Und haben ein Herz für Feen und sonstige Wesen. Euro. Dollar. Pfund. D-Mark. Die wird noch zu Milliarden gehortet. Glückspfennig klingt auch netter als Glückscent. Alles eine Sache der Gewöhnung. Inflation. Wert. Gold. Immobilien. Menschlichkeit. Hat in Sachen Finanzen nichts verloren. Hartes Geschäft. Big business. Bitcoins. Wer verdient daran? Geld abschaffen. Keine Münzen mehr aus dem Ausland mitbringen. Man muss eh weiter weg fahren. Oder in die Schweiz. Würde es mich verändern, wenn ich Geld hätte? Gedankenspiel. Was wäre wenn. Ein paar Wünsche erfüllen. Reise, chic Essen gehen und ein kleiner Kronleuchter. Für mich und die Menschen um mich herum. Ansonsten? Sparen. Voll oldschool. Unters Kopfkissen. Auf einigen Hundertern schlafen. Wenigstens ein paar Nächte. Und dann doch ab auf die Bank damit. Konservative Sache . . .

Kalle denkt:

Würde. Kein Konjunktiv. Unantastbar. Besitz einer einzigartigen Seinsbestimmung. Unveränderliches Grundrecht. Oberster Wert des deutschen Grundgesetzes. Beginnt mit der Zeugung. Umstrittener Zeitpunkt. Endet noch nicht einmal mit dem Tod. Schutz der Totenruhe. Papst Franziskus hat „Schläge mit Würde" bei Kindern für angemessen erklärt. Verhelfen zu Wachstum und Reife. Habe es ausprobiert. Ein ganzes Wochenende lang. Rückmeldung meiner Kinder: tut immer noch weh. Und gewachsen sind sie auch nicht. Keinen Zentimeter. In Würde altern. Wo liegt dieses Würde? Kann man da mit der Bahn hinfahren? Würdenträger. Hochwürden. Verbunden mit einer Moral. Nicht immer wurden die so Bezeichneten dieser gerecht. Ein großes Wort. Menschwürde. Unterscheidet uns Menschen von anderen Lebenswesen. Werden dem auch nicht gerecht. Zerstören Wälder. Meere. Lebensraum. Träume. Gefährden damit Pflanzen und Tiere. Letztlich uns selbst. Habe im Gefängnis nachgeschaut. Nur wenig Würde gefunden. Im Internet. Im Schlachthaus oder der Massentierhaltung. Beim Militär. In Altersheimen. Die Würde versteckt sich. Hinter Profit. Zahlen. Bankkonten. Papier ist geduldig. Solange die Würde nur irgendwo steht. Aufgeschrieben. Ist doch alles gut. Theoretisch. Ich achte darauf, dass ich sie selbst behalte. Und habe sie doch ratzfatz mit einem Klick vernichtet. Verblassende Sache . . .

Kalle denkt:

Stille. Gespenstisch. Unangenehm. Nebeneinander im Auto. Nix zu sagen beim Date. Nach unten schauen. Nach oben schauen. Als ob da was stünde. Ungewohnt. Nix an. Einfach mal die Klappe halten. Nicht nur, wenn man keine Ahnung hat. Auch so. Entschleunigung. Ruhe. Hören, was drumherum so passiert. Geräusche bemerken. Die man sonst nicht wahrnimmt. Vögel. Heizung. Autos von draußen. Vielleicht auch eine Leitung. Strom. Alles möglich. Augen schließen. Sich auf die Umwelt konzentrieren. Ohne sie zu sehen. Spüren. Daredevil. Einen Sinn ausschalten. Nur für 10 Minuten. Kein Handy. Keine Reize. Nur man selbst. Die Gedanken. Die man dann fast hören kann. Aus der Stille heraus agieren. Man wird ruhiger. Aufmerksamer. Achtsamer. Neues Zauberwort. Wilde Assoziationen: Stille Wasser sind tief. Brüllende aber nicht flach. Sondern sprudelig. Still heißt auf Englisch immer noch. Das Death Valley ist still, aber Ben ist Stiller. Ein Brüller. Löwe. 1860. Senf. Dijon. Partnerstadt von Mainz. Von York auch. Alt. Kleiner Apfel. An apple a day. Und ein Glas Rotwein. Armer Doktor. Hat nix zu tun. Das Maß der Dinge. Gardemaß. Gardetanz. Fassenacht. Schon wieder Mainz. Dabei führen doch alle Wege nach Rom. Romantisch. Keine Comics drauf. Drauf und dran. Sturm und Drang. Sturm heißt in Österreich der Federweißer. Und eine Fußballmannschaft aus Graz. Bitte-wieder-laute Sache . . .

Kalle denkt:

Wählen. Wieso Parteien? Geht das nicht auch anders? Wenn der eine nach österreichischem Beispiel eine Liste aufstellt mit Experten. Und der andere auch. Geht expertiger? Warum tun die sich nicht zusammen? Miteinander statt gegeneinander. Gespräche statt Kampf. Für eine gemeinsame Sache. Die schlauesten Köpfe zerbrechen sich ihren Kopf. Schauen, was gemacht werden müsste. Was gut ist für das Land. Kreis. Stadt. Bezirk. Stattdessen Positionen. Warum stehen die einen für Umweltschutz und die anderen für Wirtschaft? Warum nicht alle für beides? Oder beide für alles? In einem verträglichen Maß. Wir sind gepolt auf dieses Gegeneinander. Gewinnen. Pfründe sichern. Macht haben. Und sie dann nicht mehr abgeben. Die Vergangenheit hat gezeigt, dass egal wer an der Macht ist damit auch Schindluder treiben kann. Vetternwirtschaft. Aber das Volk scheint leicht zu vergessen. Wenn es wirklich ein kollektives Gedächtnis geben sollte. Oder jeder darf mal. Nein, muss. Wechselnde Regierung alle zwei Jahre. Spätestens. Willkürliche Auswahl. Der kleine Mann kommt auch mal an die Macht. Keine Wiederwahl. Und die verdienen richtig Geld. Kein Manager dürfte mehr bekommen. Dann muss die Lobby dauernd neue Leute bestechen. Irgendwann geht auch denen mal das Geld aus. Oder eine Liste mit allen Leuten aus dem Land. Wer die meisten Stimmen bekommt ist - Chef. 82 Millionen Menschen hängen Plakate auf. Oder gar keine Plakate mehr. Für das Geld bekommt jeder einen Computer und kann dann dort wählen. Virtuelle Sache . . .

Kalle denkt:

Regeln. AGBs. Allgemeine Geschäftsbedingungen. Liest niemand. Würde zu lange dauern. Steht eh immer dasselbe drin. Um das zu beurteilen, hätte man sich zumindest mal zwei durchlesen müssen. Wird einfach angeklickt. Kleingedrucktes. 10 Gebote. Schon mal gehört. Würde ich irgendwie zusammenbekommen. Weiß man halt. Befolge sie auch. Meistens. Gesetze. Solange es niemand merkt. Wo kein Kläger, da auch kein Richter. Wenn doch? Ausrutscher. Jugendsünde. Staranwalt. Aus Fehlern lernen. Dazu sind sie da. Soziale Gewünschtheit. Regeln in einer Gruppe aufstellen. Einer Klasse. Alle wissen, was man sagen soll. Was der Pädagoge hören will. Nicht schlagen. Nicht mobben. Viele nichts. Werden gesammelt. Unterschrieben. Aufgehängt. Nachhaltigkeit? Befolgt? Was ist mit Konsequenzen? Hat jede Entscheidung. Wird gerne vergessen. Wen stört was. Wenn ich in der Kirche den Hut aufhabe. Stört das Gott? Oder nur den Nachbarn? Immer mehr Regeln. Sollen alles sicherer machen. Fühle mich nicht sicherer. Sondern eingeschränkt. Vorgeschrieben. Bevormundet. Gleiche Regeln für alle. Wenn man jemanden kennt, der jemanden kennt, der wichtig ist. Bin ich aus dem Schneider. Regeln sind dazu da, um gebrochen zu werden. Meint der Punk. Und wird von Mami im SUV vom Festival abgeholt. Ist auch nicht mehr das, was es einmal war. Folgt eigenen Regeln. Wie fast alles. Politik, der Markt, Börse, Wirtschaft, alles eigene Regeln. Undurchschaubar. Biegsam. Nicht für jeden. Und für wen gemacht?

Obere-10.000e Sache . . .

Kalle denkt:

Kleinigkeiten. Die die Welt groß machen. Das Graue bunt. Das Gesicht lächelnd. Einen Zehner in einer alten Hosentasche finden. Und gleich wieder verschenken. Ein Regenbogen. Die Sonne, die sich auf einem See widerspiegelt. Der Lieblingssong, an den man im Radio erinnert wird. Und zwar nicht das ganze Lied, sondern nur diese eine Stelle im 3. Refrain, bei der die Gitarre so einen abgefahrenen Ton spielt. Die Schlagzeile in der Zeitung, die ausnahmsweise mal über ein positives Ereignis berichtet. Der Lieblingsfilm, in den man zufällig reinzappt. Den Zettel mit der Adresse der Freundin, der man schon lange mal wieder schreiben wollte. Den man beim Aufräumen erspäht. Den Kaffee per Hand zubereiten. Nicht auf Knopfdruck. Sondern genauso, wie man ihn gerne hat. Mit aufgeschäumter Milch und sogar Schokopulver drauf. Mal wieder ins Theater gehen. Und sich vom Stück überraschen lassen. Einer Spinne dabei zusehen, wie sie ihr Netz spinnt. Einer Wolke bis zum Horizont folgen. Einem wildfremden Menschen dabei zusehen, wie er mit Hingabe seinen Job erledigt. Als Straßenkehrer. Sich auf eine Bank setzen und das Leben für einen Moment vorbeirauschen lassen. Mit einem Obdachlosen sprechen. Ihn anlächeln. Den Stau genießen. Beim Einkaufen eine Frucht mitnehmen, die man noch nie probiert hat. Beim Partner jedes kleine Fältchen küssen. Überhaupt Zeit zu haben, das alles zu bemerken. Und zu machen. Entspannte Sache . . .

Kalle denkt:

Geschichten. Jeder hat eine. Jeder hat seine. Kleine. Große. Dramatische. Romantische. Vergangene. Aktuelle. Beendete. Ungewisse. Unvollendete. Immer anders. Immer persönlich. Man erfährt sie, wenn man zuhört. Neulich im Theater. Der Typ neben mir labert einfach los. Ungewohnt. Und schön. Still kann jeder. Austauschen nicht so. Wenn man es sich traut. Den Anderen anzusprechen. Nicht nur als Mann die Frau. Oder umgekehrt. Ohne sexuellen Hintergrund. Einfach weil man interessiert ist. Oder weil es so nicht so langweilig ist. Was kann schon passieren? Zurückweisung. Dann eben ab zum Nächsten. Sich nicht lange mit Misserfolgen aufhalten. Andere haben ein Mitteilungsbedürfnis. Eigentlich jeder. Vielleicht nicht immer. Aber doch meistens. Abgleich der eigenen Welt mit denen der Anderen. Merken, dass man gar nicht so alleine mit seiner Meinung dasteht. Dass es gar nicht so falsch ist, was bei einem im Kopf abgeht. Wieso diese Zweifel? Wieso diese Angst, falsch zu sein? Wer legt das fest? Und hat derjenige recht? Richtig. Falsch. Krasse Wertesysteme. Eigentlich könnte doch das eine neben dem anderen stehen. Gleichberechtigt. Nur anders. Sonst nix. Niemand, der sich erhöht. Niemand, der einen runterzieht. Alle wollen leben. Gut. Zufrieden. Friedlich. Miteinander. Krieg will eigentlich niemand. Nur derjenige, der selbst nicht hingehen muss. Der andere schicken kann. Machtvolle Sache . . .

Kalle denkt:

Sagen. Es. Ansprechen. Nicht einfach nur den Kopf schütteln. Hinsehen. Und sich seinen Teil denken. Wenn mich was aufregt. Es an die Verursacher zurückgeben. Wenn ein Kind schreit. Nicht mal kurz. Sondern wie am Spieß. Mehrere Minuten. Die Mutter hält es im Arm. Mal links. Mal rechts. Ohne es anzuschauen. Diskutiert weiter mit dem Gegenüber. Alle drumherum blicken hin. Man kann die Gedanken förmlich greifen. Aber niemand sagt etwas. Hingehen. Ansprechen. Ob man nicht vielleicht etwas anderes probieren könne mit dem Kind. Denn das beruhigt offensichtlich nicht. Rumlaufen. Angucken würde reichen. In einem entsprechenden Ton. Der die Musik macht. Auch wenn man sich einen Spruch einfängt. Dass man sich nicht einmischen soll. Zu Recht. Familie ist Privatsache. Aber in der Öffentlichkeit ist sie eben auch öffentlich. Das Kind ist kurz mal ruhig. Das Gegenüber nimmt die Gelegenheit beim Schopf und flüchtet. Kurze Deeskalation. Noch ein „Schleich Di!". Mit einer entsprechenden Geste. Ich gehe wieder. Was war mein Ziel? Was wollte ich? Dass es dem Kind besser geht. Das fängt gleich wieder an zu schreien. Passiert öfter. Die Mutter, die ihren Kindern hinter mir das Ballett erklärt. Währenddessen. Ständiger Flüsterteppich. Cool, sie heranzuführen. Doch was ist mit all den anderen? Die sich dauernd umdrehen? Der Jugendliche, der uns alle anklingelt, die wir bei grün über die Straße gehen und er rot hat. Der Kommentar in mir will raus. Warum nicht bei den Anderen? Erstickende Sache . . .

Kalle denkt:

Kapitalismus. Wirtschafts- und Gesellschaftsordnung. Aktuell. Gewinnorientiert. Und das ist noch wohlwollend ausgedrückt. Historisch gesehen wird es irgendwann ein anderes System geben. So funktioniert Geschichte. Ein System richtet sich so lange zu Grunde. Pervertiert sich selbst. Bis es dazu führt, dass irgendwas zusammenbricht. Und ein neues System kommt. Anders. Nicht unbedingt besser. Bis das irgendwann wieder die eigenen Grenzen erreicht. Usw.. Ich schlage Vernunft als neues System vor. Weltumspannend. Unvernünftiges sollte entsprechend gekennzeichnet werden. Hat mit Zigaretten ja auch funktioniert. Vorsicht Ironie. Der Mensch ist leider nur vernunftbegabt. Nicht vernünftig. Gutes Argument. Spielen wir es mal durch. Niemand würde zu Fast Food-Ketten gehen. Niemand Fliegen. Nur in ganz großen Ausnahmefällen. Steuern wären niedrig und würden nicht hinterzogen werden. Niemand würde Milch trinken. Ist nämlich für Kälber bestimmt. Krankenschwestern würden mehr verdienen als Fußballer. Erzieherinnen und Lehrer ebenso. Wir würden kein Essen wegschmeißen. Das Soziale wäre mehr im Vordergrund. Das Bedingungslose Grundeinkommen hätte eine Chance. Wir würden abwägen, ob wir etwas wirklich bräuchten. Und was wäre mit dem Spaß? Und der Individualität? Würde sich auch verändern. Eine neue Qualität gewinnen. Die wir noch gar nicht abwägen können. Zukünftige Sache . . .

Kalle denkt:

Eigentore. Beim Fußball doof. In der Politik auch. Haben gerade Hochkonjunktur. Die einen meinen direkt nach der Wahl, dass sie für eine Regierung nicht zur Verfügung stünden. Verschärfen den Ton. Warum erst nach der Wahl? Müssen jetzt aber zurückrudern. Eigentlich eine gute Idee. Selbsterneuerung. Und vor allem Oppositionsführer anstelle der AfD. Doch da spielen andere nicht mit. Die Sondierungsgespräche für gescheitert erklären. Rechtfertigungen. Schuldzuweisungen. Wurscht, wer schuld ist. Ein Land will regiert werden. Sogar Europa schaut drauf. Eine Art Vakuum. Immerhin ein Bundespräsident, der besonnen Politik macht. Die Spitzen zu sich zitiert. Ins Gewissen redet. Denn die Wähler haben gewählt. Warum sollten sie das noch einmal tun? Was würde dabei herausspringen. Außer noch mehr Stimmen für die AfD. Noch mehr Unlust auf Politik. Noch unbeständigere Verhältnisse. Und was ist mit dieser Minderheitsregierung? Dann muss man eben das machen, wofür Politik doch steht. Mehrheiten finden. Projekte so auf den Weg bringen, dass sie mehrheitsfähig sind. Ist viel Arbeit. Verlangt Kompromisse. Verhandlungen. Ist das nicht genau der Job von Politiker_innen? Ist doch aber eigentlich eine Chance. Mal unterstützt die eine Partei, mal die andere. Insgesamt eine breitere Unterstützung. Was ist daran schlecht? Und vielleicht kann man sich mal wieder dem zuwenden, was man denn ursprünglich ist. Volksvertreter. Nicht die-eigenen-Wähler-Vertreter. Demokratische Sache . . .

Kalle denkt:

Gewissen. Schlechtes. Nur weil ich mir mal eine Auszeit gönne. Ich brauche das gerade. Für mich. Habe viel geschafft in der letzten Zeit. Viel geleistet. Wenn ich das alles aufzählen würde. Da wird man sich doch mal eine kleine Auszeit gönnen dürfen. Einfach mal ein paar Minuten zocken. Mittags. Zu ungewohnter Zeit. Weil man es kann. Die Finger bewegen den Controller. Die Gedanken kreisen. Die Augen sehen all das, was eigentlich gemacht werden müsste. Den Stapel ungewaschener Wäsche. Die Staubfussel in den Ecken. Die ungeputzten Fenster. Muss warten. Ich gewinne gerade. Fühlt sich gut an. Wehe, ich würde jetzt auch noch verlieren. Dann wäre die Kacke am Dampfen. Zeit verplempern und auch noch verlieren. Minus Plus Minus ist nicht immer plus. Was dem Einen das Zocken ist, ist der Anderen vielleicht glotzen. Serien. Netflix. Shoppen. Social Media. Schon faszinierend, dass es positive Entspannung gibt. Und negative. Bewertungen mal wieder. Ein Buch lesen. Gut. Eine Serie gucken. Noch nicht schlecht. Aber dann die nächste Folge auch noch schauen wollen. Und die nächste. Man muss doch wissen, wie es weitergeht. Rechtfertigungen im Kopf. Was du heute kannst besorgen. Glaubenssätze. Umdefinieren. Produktiv sein. Funktioniert nicht rund um die Uhr. Ich muss ja auch mal schlafen. Das wird immerhin positiv gesehen. Regeneration und so. Auch wenn man das kann, wenn man tot ist. Kann jemand diese ganzen Sätze in meinem Kopf mal abstellen? Und mich das Spiel genießen lassen? Gewinnende Sache . . .

Kalle denkt:

Besinnlichkeit. Ist gerade in. Weil Advent. Da macht man das so. Kerzen anzünden. Christkindlmarkt. Punschtreffen. Glühwein. Bratwurst. Noch etwas Süßes. Nein, nicht das Mädel neben mir. Was zu Essen. Überall Beleuchtung. Kleine Glühbirnchen. Viel Licht. Wird ja auch früher dunkel. Nikolos, die unter Fenstern hängen. Und nicht vor oder zurück können. Die ganze Zeit da rumhängen müssen. In der Kälte. Weihnachtsbäume. 29,3 Millionen wurden 2016 in Deutschland gekauft. Behängt. Nachhaltig ist anders. Kekse. Plätzchen. Kaufen. Besinnlich einkaufen ist eine Herausforderung. Man kann auch basteln. Und feiern. Alles feiert den Jahresabschluss. Der Sportverein. Die Klasse. Die Musikschule. Weihnachtslieder. Last Christmas. Mag man eigentlich gar nicht mehr hören. Gehört aber irgendwie dazu. Was kochen wir zu Weihnachten? Bestellen. Zimt und Nelken. Braten. Karpfen. Zeit zum Besinnen eigentlich erst danach. Wenn die Geschäfte mal zu haben. Die Geschenke ausprobiert werden können. Zwischen den Jahren. Den Ausdruck kennt man in Österreich nicht. Gibt es ja auch eigentlich gar nicht. Dauert in Wahrheit nur den Bruchteil einer Sekunde. Schon das nächste Event. Silvester. Und alles fängt von vorne an. Die Besinnlichkeit gerät wieder ins Hintertreffen. Wird mit den Kugeln und dem Lametta eingepackt. Um im Dezember wieder entstaubt zu werden. Ich wäre für einen Jahresadventskranz. 365 Kerzen. Oder Schokoladenstückchen. Dauerhafte Sache . . .

Kalle denkt:

Dramen. Große. Kleine. Tragische. Spektakuläre. Wer mit wem. Und wer mit wem nicht mehr. Warum überhaupt. Und haste nicht gehört. Hörensagen. Die neuesten News. Ich will sie eigentlich gar nicht hören. Interessant isses aber schon. Klatsch. Tratsch. Fragwürdiger Wahrheitsgehalt. Und täglich eine neue Story. Je effektvoller desto Schlagzeile. Aber es braucht die BILD gar nicht. Auch nicht die „Heute". Oder die „Österreich". Kein Assi- oder Hartz-IV-TV. Erst Recht keinen Shakespeare. Spielt sich alles im reellen Leben ab. Herzschmerz. Gefühle. Missverständnisse. Dinge, die gesagt werden. Missinterpretiert werden. Entsprechende Reaktionen. Hochschaukeln. Emotionen. Folgen. Die auch anders aussehen könnten. Doch dann hätte man nix zu erzählen. Lieber etwas übertreiben. Dann ist das eigene Leben auch spannender. Sich gegenseitig übertrumpfen. Zu Ungunsten der Realität. Doch was ist schon Realität. Objektivität wird überbewertet. Für ein paar Klicks. Eine Auflagensteigerung. Alles schnelllebig. Manches erfunden. Taktik dahinter. Negative Werbung ist auch Werbung. Berater, die etwas medial kreieren. Etwas ins rechte Licht setzen. Der passende Moment. Propaganda. Falschmeldung. Wen interessiert es? Hauptsache, man bleibt präsent. Im Gespräch. In den Köpfen der Leute. Dann stimmt der Umsatz. Rollt der Rubel. Dröhnt der Dollar. Frotzelt der Franken. Alliteration. Style over substance. Ist längst Realität im TV. Der schöne Schein, der gewahrt werden will. Für ein wenig Geld. Dafür geht man sogar in den Dschungel. Inszenierte Sache . . .

Kalle denkt:

Leere. Wenn einem nix einfällt. Das Blatt weiß bleibt. Oh Gott, ein weißes Papier. Kann Druck ausüben. Glotzt einen an, je länger es weiß bleibt. Weglegen. Oder schnell was draufkritzeln. Spielen mit dem, was auf dem Tisch liegt. Mit irgendwas einen Rhythmus klopfen. Aus dem Fenster glotzen. Als ob da die Erleuchtung säße. Atmosphäre schaffen. Kreativität auf Knopfdruck. Licht dimmen. Kerzen. Musik. Kaffee. Wenn der nicht hilft Bier. Schnaps. Dann ist es meist schon zu spät. Auf der Suche nach einem Thema. Stöbern in angefangenen Geschichten. Mag da etwas beendet werden? Surfen im Internet. Drängt sich irgendwas auf? Das Gehirn öffnen. Sich selbst beobachten. Darauf warten, bis der Denkapparat anspringt. Bis eine Assoziation um die Ecke kommt. Sofort aufschreiben. Und hoffen, dass man sie dadurch nicht verschreckt. Das, was einen umgibt, auch mal ausklammern. Man kann nicht den ganzen Dezember über Weihnachten schreiben. Sich ablenken. Was aufräumen. Oder gar putzen. Wie vor Prüfungen. Alles andere als das Wesentliche wird wichtiger. Sich dabei ertappen. Wenn man lächelt, nimmt man es noch locker. Verbissen bringt auch nix. Wie bei der Partnersuche. Wenn auf der Stirn Verzweiflung steht. Findet man niemanden. Wortspiele. Tricks gibt es immer. Die Lesenden wissen ja nicht, dass ein Trick bei der Sache war. Sprachlicher Zauberer. Oder einfach das zum Thema machen. Unerwartet. Denn an Heiligabend denkt man, dass Entsprechendes kommt. Unvorhergesehene Sache . . .

Kalle denkt:

Jahresrückblick. Warum schaue ich mir das an? Kriege, Gewalt, Anschläge, Unglücke. Und Trump. Wahlen. Mal jubeln die Einen. Mal die Anderen. Rechts kommt hoch. Und sonst? Irgendwas mit Fußball. Brot und Spiele. Hat schon damals nur auf Zeit geholfen. Was ist mit den positiven Nachrichten? Ist das nur was Privates? Oder hat das auch auf der großen Bühne Platz? Der Algorithmus, der Hautkrebs frühzeitig erkennt. Das eSight-Headset, dass blinde Menschen wieder etwas sehen lässt. Zehn Jahre nach einem Suizidversuch rettet eine Gesichtstransplantation einen schrecklich entstellten Amerikaner. Fortschritt? Wäre es nicht cooler, wenn die Gesellschaft mit dieser Entstellung besser umzugehen gelernt hätte? Die Lebenserwartung bis 2030 soll die 90er-Grenze durchbrechen. Als erste Nationalität weltweit sollen Südkoreas Frauen im Durchschnitt 90 Jahre alt werden. Glückwunsch. Und wofür? Die Medizin entwickelt sich weiter. Und der Mensch? Zu düster für einen Jahresabschluss. Sagt mein Manager. Will niemand lesen. Am Schluss soll doch was Positives stehen. So als Verheißung für die Zukunft. Für das Gefühl. Also hier was fürs Gefühl: Ein süßes Katzenvideo! Ich hoffe, die Illustratorin greift das nicht auf. Wahlweise auch Einhörner oder Babys. Oder ein Baby mit einem Einhorn auf dem Pulli, das eine Katze umarmt. Und zum Positiven: Das neue IPhone wird kommen! Und genmanipuliertes Fleisch wird wahrscheinlich noch billiger werden. Wo ist noch einmal der Ausknopf für Sarkasmus? Suchende Sache . . .

Kalle denkt:

Silvester. Ein besonderer Feiertag. Auch wenn Herr Nagelsmann das anders sieht. Wenn man mal durch den Dunst der Böller schaut. Beiseite schiebt, dass da Millionen in die Luft gepfeffert werden. Relativ sinnfrei. Soll halt böse Geister vertreiben. Die wir meist selbst gerufen haben. Dann kann man durchaus erkennen, dass das einen besonderen Reiz besitzt. Von einem besseren Leben erzählt. Das wir uns anscheinend alle wünschen. In Vorsätzen formuliert. Nach der Besinnlichkeit. Inmitten der Rauhnächte. Kommt da was Neues daher. Nur ein Datum. Aber irgendwie auch ein Gefühl. Weil mal Zeit da war. Für Familie. Für Ruhe. Für die Steuer. Füreinander. Läden zu. Institutionen zu. Waffenruhe. Die Welt scheint für ein paar Tage still zu stehen. Meistens. Fast überall. Urlaub. Wegfahren. Oder zu Hause. Zeit. Anlauf nehmen für die Wochen danach. Reflektieren. Was alles war. Dem gegenüber dann natürlich der Ausblick. Was sein könnte. Ideale. Oder nur kleine Ziele. Verbesserungspotential gibt es immer. Das Streben nach Perfektion. Nach besserem Leben. Eine Idee, wie es sein könnte. Wie wir sein könnten. Um doch zu merken, dass wir nur wir sind. Dass Veränderung mehr ist als sektschwangere Gedanken am Ende eines Jahres. Nämlich richtig Arbeit. Wenn man will. Und nur dann. Lange dauert. Schrittweise. Trotzdem versuchen wir es. Weil sich in der Hektik des Alltags lediglich der Wunsch konkretisiert. Und in Ruhe. Oder Gesprächen. Mit Inhalt gefüllt. Angegangen werden kann. Verheißungsvolle Sache . . .

Kalle denkt:

Loch. Man fällt rein. Warum auch immer. Depression. Über-
arbeitet. Burn-out. Schaut von unten nach oben. Über den
Rand geht gar nicht. Und der Himmel ist auch trübe. Keine
Leiter. Kein Aufzug. Wand ist glatt. Wie hochkommen? Also
liegen bleiben. So viel zu tun. Der Blick schweift durch die
Wohnung. Sieht alles, was gemacht werden müsste. Weiß al-
les, was gemacht werden müsste. Nimmt es aber nicht wahr.
Es ist egal. Wurscht, ob es gemacht wird. Kein Gedanke an
die Konsequenz. Nur daran, dass jede Anstrengung zu viel ist.
Jede Entscheidung ein Greuel. Wasser oder Cola. Kaffee oder
Tee. Dann lieber gar nichts. Ist ja egal, ob ich was trinke. An
Essen ist schon mal gar nicht zu denken. Trotzdem aufraffen.
Den Kühlschrank aufmachen. Reinschauen. Resigniertes Kopf-
schütteln. Weiter zum Süßigkeitenschrank. Das gleiche Bild.
Wieder ins Bett. Vorhänge zuziehen. Licht dimmen. Geräusche
orten. Und ausstellen. Da liegen. Gedanken kreisen. Um nichts
Bestimmtes. Kreisen einfach. Hämmern von innen an die Schä-
deldecke. Wollen raus. Ohne zu wissen wohin. Kommen. Ge-
hen. Kommen wieder. Fernseher an. Durchzappen. Wie bei den
Gedanken. Nichts bleibt hängen. Wieder aus. Auf die andere
Seite drehen. Die Wand anstarren. Einen Punkt fixieren. Der gar
nicht da ist. Angewidert von sich selbst. Wohin mit sich, wenn
man sich nicht leiden kann? Kein Ausknopf. Keine Motivation.
Umtauschen. Geht nicht. Muss weiter mit mir leben. Angst vor
dem nächsten Loch. Teufelskreis. Phantasierende Sache . . .

Kalle denkt:
Aufregen. Sich. Laut werden. Weil es einem stinkt. Weil es nervt. Emotionale Reaktion. Menschlich. Muss mal sein. Es muss mal raus. Wo denn auch sonst hin damit? Mit dem Frust. Dem Ärger. Reinfressen. Anstauen. Und dann explodieren. Aber so richtig. Amok oder was. Oder Therapie. Weil es schon lange schlummert. Bearbeitet werden will. Jedem seinen Therapeuten. Früher war es einfacher. Sagt man so. Da hat man einen Konflikt mit Lautstärke geführt. Drohgebärden. Und wenn das nichts hilft aufs Maul. Recht des Stärkeren. Hat uns als Menschheit überleben lassen. Trotzdem gruselig. Sprache hat sich weiterentwickelt. Wir haben uns weiterentwickelt. Konflikte sind geblieben. Bleiben nicht aus. Sobald zwei Menschen aufeinander treffen. Und jedesmal aushandeln ist verdammt hart. Anstrengend. Mitunter verzweifelnd. Weil man nicht auf der gleichen Autobahn unterwegs ist. Parallel fährt. Den Anderen nicht versteht. Nicht sieht. Nicht wahrnimmt. Aber unausbleiblich. Mal drüber schlafen. Emotionen runterkochen lassen. Reden. Ist alles so rational. Vermeiden. Alle sollen sich gut verstehen. Nur ja keine Konflikte. Alle haben sich lieb. Auch kein Weg. Weil nicht real. Also was? Gibt kein Rezept. Das immer hilft. Das finden und verkaufen. Das wäre es. Den Menschen gegenüber sehen. Sich erinnern, wie man selbst behandelt werden will. Dieses Verhalten an den Tag legen. Und dann weiterreden. Es weiter versuchen. Aufhören nach Lösungen zu suchen ist wohl die schlechteste Lösung. Zähe Sache . . .

Kalle denkt:

Kellner. Kellnerin. Garçon. Herr Ober. Waitress. Waiter. Als ob die die ganze Zeit warten würden. Darauf, dass sich der Gast und die Gästin mal entschieden haben. Karte zuklappen. Dann weiß man Bescheid. Und nicht dauernd Photos vom Essen machen. Wird doch kalt. Saaltochter heißt es in der Schweiz. Restaurantfachmann bzw. -frau hochoffiziell. Servicekraft. Immer lächeln. Der Gast ist König. Auch wenn es ein Arschloch ist. Und kein Trinkgeld gibt. Wieso muss ich das Geld eigentlich einschmelzen? Und darf man sich auch was anderes als Getränke davon kaufen? In Wien muss man nicht freundlich sein. Aber man darf. Unfreundlichkeit als Markenzeichen. Irgendwie auch bewundernswert, dass sich solch ein Ruf etablieren konnte. Wenn ein besonders grantiges Exemplar einen bedient. Das Ziel, einmal ein Lächeln hervorzuzaubern. Mit eigener entwaffnender Freundlichkeit. Knochenjob mitunter. Dann arbeiten, wenn andere feiern. Lang arbeiten. Smalltalk. Manchmal Lalltalk. Kilometergeld. Gutes Schuhwerk. Aufgedreht sein danach. An Schlaf noch nicht zu denken. Passiert so viel an einem Abend. Stammgäste. Nervige Gäste. Nette. Skurrile. Laute. Schüchterne. Zeche prellen. Prelle zechen. Zelle prechen. Teller jonglieren. Kopfakrobatik. Sich alles merken. Wer was. Sonderwünsche. Werden natürlich erfüllt. Slalom. Eher RTL. Von rechts anreichen. Nein, haben wir heute leider nicht da. Ist aus. Mit wem? Scherzbolde. Beschwerden weglächeln. Gläser mit Lippenstift ersetzen. Eingeladen werden. Mittrinken. Aber nüchtern bleiben müssen. Und nichts mit einem Gast anfangen. Gastronomische Sache . . .

Kalle denkt:

Freiheit. Gibt es gar nicht. Schönes Wort. Eine Illusion. Unterteilung in negative Freiheit. Freiheit von. Pferd auf der Koppel. Dem man die Koppel wegnimmt. Und jetzt? Alle Möglichkeiten stehen offen. Weiterfressen. Pferdeäppel absondern. Oder wegreiten. In dem Moment wird es zu positiver Freiheit. Freiheit zu. Ist mit einer Entscheidung gekoppelt. Auch Nichtstun wäre eine Entscheidung. Sprich man kann sich gar nicht nicht entscheiden. Denn selbst das wäre eine Entscheidung. Bewusst oder unbewusst. Einzig die Gedanken sind frei. Da kann keiner was sagen. Gut so. Freiheitsstatue. Befreiungsschlag. Die Freiheitlichen. Namensmissbrauch. Das Gegenteil von Freiheit. Totalitäre Systeme. Knast. Eingesperrt sein. Weggeschlossen. Die Gesellschaft schützen. Fortbildungsinstitut für Kleinkriminelle. Werden dort groß. Lernen. Wie man es nicht machen soll. Rückfallquote. In NRW bis zu 80 %. Stellt für mich das System Gefängnis in Frage. Zelle. Eingesperrt. Und die Annahme, dass man dort nachdenken würde. Über seine Taten. Stattdessen täglicher Kampf. Nicht der Letzte in der Hierarchie sein. Rauher Ton. Drogen auch dort. Wie das? Es gibt keinen Knast ohne. Und das Loch, wenn man was anstellt. Einzelhaft. Loch in der Matratze. Kein RTL. Jedenfalls nicht, wenn da „Prison break" läuft. Regeln. Verbote. Vorbereitung auf danach. Nutzt wenig. Wieder zurück. Gleiche Familie. Gleiche Freunde. Gleiches Umfeld. Gleiche Scheiße. Versuchung. Da stark bleiben. Schwierig. Persönlichkeitsstärkende Sache . . .

Kalle denkt:

Dekadenz. Hat nix mit 10 zu tun. Greift aber um sich. In Wort, Ton, Tat und Tun. Ich. Ich. Ich. Macht. Montesquieu. Rousseau. Nietzsche. Und zwar so ausgesprochen, dass man das „z" auch hört. Gegensatz von Natur und Kultur. Weltsicht. Existenz von Mensch, Institutionen und Staatsgebilden ist Werde- und Untergangsprozess unterworfen. Natürlicherweise. Untergang Roms. Die Sioux glauben an den Untergang Amerikas. Haben bestimmt alle Trump gewählt. Jedes Reich dehnte sich aus. Wuchs. Um dann zu zerfallen. Systeme lösen einander ab. Sozialismus. Diktatur. Demokratie bewährt sich. Und doch sägen wir mit aller Macht daran. Brexit. Blau, das neue Braun. Und führen uns auf. Derzeit Frohsinn auf den Straßen. Vorbereiten auf die Fastenzeit. Sich ein wenig über die Obrigkeit erheben dürfen. Wird pervertiert. Schnapsleichen. Die niemals danach fasten werden. Ein unglaublicher Müllberg. Um den sich kaum einer schert. Es gibt ja welche, die das wegmachen. Nur China kauft uns das nicht mehr ab. Dekadenz auch sonst. Gehälter und Ablösesummen für Menschen, die ein wenig Sport treiben. Für Tiere/Fleisch wollen wir nix ausgeben. Der Grill war so teuer. Und Frau Nahles, wer bekommt denn jetzt auf die Fresse? Das wäre doch mal eine Reporterfrage. Geiz ist geil. Viele glauben das. Wenn sie überhaupt mal vom Handy aufschauen und sich selbstständig Gedanken machen. Alle haben viel zu tun. Mag ja sein. Aber vom darüber Meckern wird es nicht besser. Aufwachende Sache . . .

Kalle denkt:

Termine. Deadlines. Spreche keine mehr aus. Geisel. Soll eigentlich hilfreich sein. Ziel. Struktur. Wenn realistisch. Beruhigt den Anderen. Und setzt mich unter Druck. Ich komme auch nicht mehr pünktlich. Schaffe die Uhrzeit ab. Zeit ist relativ. Relativ willkürlich. Sonst gäbe es den 29. Februar nicht. Der Kinofilm beginnt ja auch nicht pünktlich. Werbung. Und eine Pause. In der in guten Kinos noch ein Mensch Eis verkauft. Im Fernsehen ist es mittlerweile auch fast Wurscht. Kann alles aufnehmen. Streamen. DVD kaufen. Konzerte beginnen immer später. Diese Künstler. An der Uni gibt es das Akademische Viertel. In Südamerika ist pünktlich ein Fremdwort. War zwar noch nie da. Hört man halt so. Ist doch schön, wenn wir uns sehen. Ist es wichtig, dass das pünktlich passiert? Ist es dann schöner? Atomuhr. Zeitalter. Uhrenvergleich. Gibt es doch auch nur in Spionagefilmen. Oder wenn eine Bank überfallen werden soll. Früher gab es noch eine Zeitansage. Da hat man angerufen, um zu wissen, wie spät es ist. Beim nächsten Ton ist es . . .. Bis Badesalz kam. Zeit macht ja auch keine Pause. Man kann sich nicht mal ausruhen und sagen, jetzt ist es so und so viel Uhr. Weil gleich isses schon wieder mehr. Kein Rasten. So eine Uhr muss total außer Atem sein. Ständig in Bewegung. Deshalb sind die auch so schlank. Schon mal eine dicke Uhr gesehen? Und der Sekundenzeiger schaut ganz neidisch zum Stundenzeiger. Der hat es gemütlich. Was wäre, wenn die Zeit mal stehenbliebe? Alle Uhren würden durchatmen. Und wir vielleicht auch. Anhaltende Sache . . .

Kalle denkt:

Hart. Zu sich selbst. Im Nehmen. Nur die Harten kommen in den Garten. Clint Eastwood. Ei. Weicher Kern. Magma. Regeln aufstellen. Verbote. Ergeben nur Sinn, wenn ich auch Konsequenzen definiere. Sollte das Verbot auch durchziehen. Irgendwann. Wenn der Droh-Efffekt verpufft ist. Höchste Zeit. Geht aber auch ohne. Dauert länger. Ist weich. Weich ist gerade nicht gefragt. Hartes Durchgreifen. Wir haben es lange genug weich probiert. Weichspüler. Weichteile. Weichsel. Harten Worten müssen auch Taten folgen. Erziehung. Züchtigung. Angst. Gehorsam. Kurzfristiger Erfolg. Und über den „Erfolg" können wir auch noch einmal reden. Reden. Das bringt doch alles nix. Typisch Pädagoge. Hauptsache mal drüber geredet. Zerredet. Gewaltfreie Kommunikation. Giraffen und Wölfe. Empathie und so ein Zeug. Letztlich wird sich der Stärkere durchsetzen. Sozialdarwinismus. Warum also reden? Weil man es mal anders probieren könnte. Anders als gewohnt. Da müssten wir auch zuhören. Verstehen. Da ist die Empathie ja wieder. Es muss Räume geben zum Reden. Gelegenheiten. Lernen zu kommunizieren. Reden können wir alle. Oft dummes Zeug. Aber Kommunikation ist eine Kunst. Botschaften senden. Empfangen. Entschlüsseln. In dem Wissen, dass wir den Anderen niemals komplett verstehen werden. Probieren. Immer wieder. Nicht aufgeben. Dranbleiben. Am Anderen. Hart in der Sache, weich zum Menschen. Ist meist umgekehrt. Aufweichende Sache . . .

Kalle denkt:
Fasten. Verzichten. Egal auf was. Zigarette. Schokolade. Süßigkeiten an sich. Alkohol. Zocken. Auto. Mannigfaltige Möglichkeiten. Oder richtig. Auf Essen. Abbautag. Nur Obst. Einkauf.
Und sich darauf freuen. Nach Herzenslust Früchte verspeisen.
Dann Abführen. Keine Handschellen. Einlauf. Oder Glauber-
salz. Beides den gleichen Effekt. Darm wird geleert. Körper
schaltet um. Von Nahrungsaufnahme bei Hunger auf Ernähren
von dem, was man sich so angefressen hat im letzten Jahr.
Reserven. Deshalb sollte auch was dran sein am Mann. Damit
man was wegfasten kann. An der Frau natürlich auch. Reimt
sich aber nicht. Hunger bleibt aus. Viel trinken. Morgens Tee.
Mittags Suppe. Ohne was drin. Abends verdünnten Saft. Wasser
zwischendurch. Oder auch Tee. Bei der Kälte eher Tee. Körper
schaltet runter. Langsamer. Schon schnelles Aufstehen kann
Schwindel verursachen. Trotzdem Sport machen. Muskeln bei
Laune halten. Damit die nicht schrumpfen. Geistig fit. Weniger
Schlaf. Obwohl jedesmal anders. Natürlich abnehmen. Män-
ner mehr als Frauen. Soll aber eigentlich nicht das Ziel sein.
Soll uns mal aus dem Alltag rausholen. Riechen. Abgefahren,
was olfaktorisch in einer Bäckerei so abgeht. Merken, wie viel
Essen einen umgibt. Werbung. Im Fernsehen. Auf einmal Koch-
sendungen geil finden. Auch etwas gereizter unterwegs sein.
Sich auf danach freuen. Am meisten auf Kaffee und Brot.
Irgendwann doch Partys meiden. Keinen Bock, dauernd dar-
über zu reden. Irgendwas ist immer. Und dann der 1. Apfel.
Orgiastische Sache . . .

Kalle denkt:

Gemeinschaft. Eine funktionierende. Danach sehnen sich viele. Um uns herum viel Gemeinschaft, bei der es hakt. Geteilte Gesellschaft. Angst davor, auf der Strecke zu bleiben. Vergleiche. Pfründe sichern. Abgefahren altes Wort. Also Zäune bauen. Obwohl wir schon Mauern hatten. Die auch irgendwann eingerissen wurden. Und viele daraus wenig bis nichts gelernt haben. Und Gräben. Ziehen sich auch durch. Anerkennung und Wertschätzung fehlen häufig. Nicht Noten in der Schule. Oder Bezahlung im Job. Sondern mal eine positive Rückmeldung. Einfach so. Ungefragt. Dem Frust entgegenwirken. Könnte mal in ein Parteiprogramm. Mehr lächelnde Menschen. Und dann auch umsetzen. Clowns an jede Straßenecke. Wobei. Nur eine rote Nase bringt noch keine Zufriedenheit. Oder ist das zu hoch angesetzt? Immer den grinsenden Buddha-Mönch als Bild im Kopf. Wenn ich an Zufriedenheit denke. Rohingya. So zufrieden scheinen die Mönche gar nicht zu sein. Und wenn die das schon nicht schaffen? Kapitalismus erzeugt Unzufriedenheit. Wenn es bei jemandem nicht mehr wächst. Stagniert. Oder noch weniger. Dann bleibt das Lächeln aus. Und der Respekt auch. Den brauche ich für eine Gemeinschaft. Gerne noch den Kategorischen Imperativ. Kommunikation. Als Basis egal wovon. Beziehung. Familie. Verein. Grätzl. Land. Welt. Wenn ich jemanden abknalle, fehlt mir der Respekt. Vor allem bei dem, der das angeordnet hat. Blumen in die Gewehre. Mehr Valentinstage statt Kriege. Naive Sache? Dann bin ich gerne naiv! Vertrauensselige Sache . . .

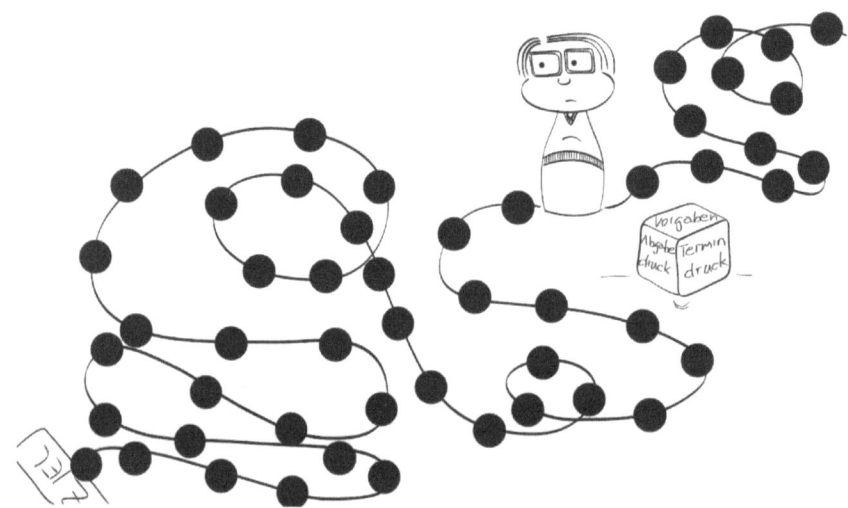

Kalle denkt:

Druck. Termindruck. Abgabedruck. Vorgaben erfüllen. Ziele erreichen. Fristen. Kennen wir alle. Haben wir alle. Jeder. Jede. Ausnahmslos. Ist nicht schön. Möchte auch niemand haben. Vor allem dann, wenn es pressiert. Die Zeit davon läuft. Wenn von wem auch immer Druck ausgeübt wird. Aber wir können uns immerhin auswählen, welchen Druck wir haben wollen. Selbstständig. Angestellt. Richter. Koch. Arzt. Kellner. Sekretärin. Krankenschwester. Fußballer. Überall lauert Verantwortung. Je höher das Level, desto mehr. Allerdings gibt es nicht überall die adäquate Entlohnung. Wenn Fußballer sich hinstellen. Über Druck lamentieren. So ist das immer noch Scheiße. Aber unverhältnismäßig. Wie überhaupt fast alles in diesem Sport. Ablösesummen. Gehälter. Werbeverträge. Keine Ahnung, wie oft ein Arzt Scheiße drauf ist. Nach der soundso vielten Schicht. Wie oft eine Pflegekraft kotzt, weil sie krank ist, sich aber zur Arbeit schleppt. Klar, Herr Mertesackers Schicksal ist genauso real. Er kann auch nix dafür, dass die Arbeitswelt so ist wie sie ist. Und man mag es als Zeichen sehen, dass jemand den Mund aufmacht. Dieses System anprangert. Gab es aber schon. Thema Depression. Robert Enke. Großer Aufschrei. Bekundungen. System rennt weiter. Thema Homophobie. Immer noch nahezu unmöglich, schwul zu sein als Fußballer. Das Einzige, was helfen würde: nicht mehr zu den Profis gehen. Wenn man Fußball sehen will, dann eben C-Klasse. Wird auch gekickt. Anderes Niveau. Anderer Druck. Amateurhafte Sache . . .

Kalle denkt:

Liebe. Ist weg. Nach all den Jahren. Wohin? Aufgerieben in tausenden Konflikten. Keine Wärme mehr. Nur noch Kälte. Und das am Lebensabend. Wenn man es doch kuschelig haben will. Aber nicht mehr gekuschelt wird. Das fehlt. Der Körper will auch wahrgenommen werden. Gespürt werden. Stattdessen Auseinandersetzungen. Mal mehr. Mal weniger. Über Kleinigkeiten. Für sich genommen alle nichtig. Aber in der Summe. Totschlagargumente. Angespannte Stimmung. Irgendwie immer. Manchmal aber keinen Bock auf Rücksichtnahme. Ein Funke und es brennt. Da haben wir die Wärme. War anders gedacht. Viele freuen sich auf das Rentenalter. Endlich reisen. Schönes Vorurteil. All das machen, was man vorher nicht machen konnte. Nur ist man dann vielleicht zu alt, um es noch angehen zu können. Warum also warten? Diese Orientierung der eigenen Bedürfnisse. An der Arbeitswelt. Irgendwie nicht richtig. Dann wegfahren, wenn einem danach ist. Wenn Körper und Geldbeutel ja sagen. Leben genießen. Anstatt schaffe schaffe Häusle baue. Guter Wein. Gute Gespräche. Ein Abo beim Staatstheater. Mit Freunden hingehen. Sich über moderne Inszenierungen aufregen. Danach noch darüber plaudern. Sich des Lebens freuen. Gemütlich. Keine Eile mehr. Spazieren gehen. Einen Tag im Bett bleiben. Sich auf die Enkel freuen. Süßigkeiten erlauben. Kochen. Oma-Nudeln. Spielen. Fernsehen. Abends müde sein. Zu Recht. Und am nächsten Tag ein Ausflug. Immer in Action. Solange es noch geht. Alter-native Sache . . .

Kalle denkt:

Leben. Wenn es an einem vorbeirauscht. Wenn man in einer Sache drin ist. Seine Rituale vergisst. Keine Ahnung hat, wie viel Uhr es ist. Den Moment genießt. Voll dabei ist. Bei Menschen. Bei dem, was gerade angesagt ist. Kochen, wenn man Hunger hat. Schlafen, wenn man ermüdet. Fenster auf, wenn einem nach Luft dürstet. Man aber gerade nicht raus kann. Mails bleiben ungelesen. Geburtstage ungewürdigt. Kein Gedanke daran. Nur Denken. Machen. Tun. Sein. Und fühlen, dass das richtig ist. Emotionen. Erzählen. Verstehen. Mehr erfahren wollen. Gemeinsam Musik machen. Neue Dinge ausprobieren. So ein Cajon ist gar nicht so schwer zu bedienen. Lieblingslieder nachsingen. Kreativ sein. Gegenseitig inspirieren. Eins kommt zum anderen. Vom Stock zum Stöckchen. Und wieder zurück. Sich in Details verlieren. Ohne Ziel. Das ist tatsächlich mal der Weg. Der Prozess. Kein Kafka. Auch wenn man sich gerade verwandelt. Vielleicht Kaffee. Ab und an sollte man auch was essen. Damit der Motor weiter läuft. Irgendwer hat sich darum gekümmert. Toll. Lob. Freude. Dankbarkeit. Für die Begegnung. Für den Anderen. Und dass das möglich ist. Egal, wie lange es dauert. Wahre Momente müssen nicht aufgenommen werden. Störungen von Außen stören auch nicht. Werden ignoriert. Später aufgeholt. Wenn wieder Normalität eingekehrt ist. Normal ist aber fast immer. Deshalb das Außergewöhnliche genießen. Bis es vorbei ist. Und nicht traurig sein. Sondern froh, dass es gewesen ist. Konfuziusianische Sache . . .

Kalle denkt:

Daseinsberechtigung. Mensch. Meinung. Jede. Also auch eine rechtsradikale. Wenn ich will, dass der mir zuhört. Muss ich auch zuhören. Wenn ich mit meiner Meinung punkten will. Muss ich diese Meinung auch zulassen. Fällt schwer. Weil radikal. Und nicht meinem Menschenbild entsprechend. Aber ist auch ein Menschenbild. Wer darf das bewerten? Die Mehrheit? Die Herrschenden? Chomsky. Im Zeitraum zwischen 1980 und 1992 die am häufigsten zitierte lebende Person der Welt. Setzte sich für die Redefreiheit ein. Auch von Antisemiten und Neonazis. Gerade in Fällen abscheulicher Gedanken müsste man sich am stärksten für das Recht zu deren freien Äußerung einsetzen. Damals noch kein Internet. Keine Chats. Shitstorms. Hate speech. Wäre vielleicht eine andere Argumentation gewesen. Spekulation. Wie so vieles. Was überzeugt? Fakten? Wer weiß schon noch, was Fakten sind? Fake news. Wie viele Quellen muss ich heranziehen, um zu wissen, was wahr ist? Welche? Wem kann ich glauben? Lügenpresse. Verdrehung. Bilder vor Schrift. Am besten bewegte Bilder. Konsumieren. Bewusstes Einsetzen von Berichten. Mit entsprechender Sprache. Vokabeln. Propaganda. Bedienen von Ängsten. Manipulation. Wundern. Dass Dinge, die schon einmal funktioniert haben, wieder funktionieren. Man eigentlich weiß, wo das hinführt. Lernen ist ein schwieriger Prozess. Kollektiv noch einmal mehr. Die Populisten lernen auch. Besser. Schneller. Sind laut. Und präsentieren einfache Lösungen. Die keine Lösungen sind. Dranbleibende Sache . . .

Kalle denkt.

Augen. Auf. Sofort der Blick zum Wecker. Früher als erwartet. Freuen, weil man mehr Zeit hat? Aber für was? Arbeit. To-Dos. Entspannen. Oder ärgern, weil man länger hätte schlafen können? Gleich eine Entscheidung. Geht den ganzen Tag so weiter. Am liebsten wieder umdrehen. Entscheidungen ausliegen. Die Welt wird schon nicht untergehen. Wir sind ersetzbar. Jeder. Wird jemand sterben, wenn ich heute mal Pause mache? Pause! Sofort kommt in den Sinn, was man in der Pause alles anstellen könnte. Nein. Einfach nur Pause. Doch wie geht das? Nur dasitzen? Was ist mit Denken? Atmen? Ist doch auch was. Nur dasitzen. Meditieren. Gedanken loslassen. Dagegen ankämpfen, dass man diese Zeit negativ bewertet. Unproduktiv. Was da alles auf einen wartet. In der Ecke in meinem Kopf. Das zähnefletschende Tu-Monster. Mit den ganzen kleinen Gehilfen. Die mir über die Schulter schauen. Ab und an mal draufklopfen. Viel zu wenig. Mit einer kleinen Liste winken. Die immer größer wird, je genauer ich hinschaue. Die sich zwar freuen, wenn etwas durchgestrichen wird. Gleichzeitig erinnern, dass die Liste weiter geht. Immer weiter. Niemals aufhört. Trotz Zeitmanagement. Eisenhower-Prinzip. Priorisierungen. Pareto-Prinzip. Und was man sich noch alles ausgedacht hat. In Wahrheit gilt es, dieses Monster nicht mehr zu füttern. Es verhungern zu lassen. Wie auch immer das passieren soll. Den eigenen Weg damit finden. Lebensaufgabe. Auch wenn Andere daraus bestimmt wieder ein Prinzip machen. Denn nur dann kann man abends zufrieden einschlafen. Augenschließende Sache . . .

Kalle denkt:

Hamburg. Am Wochenende. Reeperbahn. Gelebte Dekadenz. Gefühlt Hunderte Junggesellen-Abschiede. Uniformen. Die lustig sein sollen. Mindestens genauso viele Kiezführungen. Leute mit Fan-Schals. Abfall. Müll. Gebrüll. Die Polizei zieht in Großgruppen durch die Straßen. Auch für Kleinigkeiten. Gefahrenzone. Glasverbot auf der Straße. Überall Scherben. Und Flaschen. Wie soll das funktionieren, wenn Glas verkauft wird? Austrinken auf Ex und 7 Polizisten schauen zu. Machtdemonstration. Clubs sind voll. Mal wird der Ausweis verlangt, mal nicht. Schweiß rinnt die Schaufensterscheibe runter. Musik dröhnt aus den Häusern. Fenstern. Von überall her. Komm hier rein. Geh da rein. Gib mir Geld. Willste nicht mitkommen. Trinken. Für 99 Cent. Das Konzept kann gar nicht aufgehen. Mit dem Saufen kommt der Hunger. Pommesbude. Döner. Und natürlich alle Ketten, die es so gibt. Kommt die Aggression. Dafür ist es verdammt ruhig. Hier und da jemand, der lauter wird. Kleinere Scharmützel. Kommt die Geilheit. Gutscheine werden feilgeboten. Leuchten. Blinken. Bunt. In dunklen Ecken liegen Schlafsäcke. Und manchmal jemand drin. Kreatives Betteln. Mit Angel. Und vielem mehr. Trotzdem vorgeführtes Elend. Irgendwann zum Fischmarkt. Die Sonne geht auf. Kaffee. Wieder nüchtern werden. Mit Fisch und Sonderangeboten. Zu wenig Taxis für zu viele Nachtschwärmer. Und nächsten Samstag das gleiche Programm. Woche für Woche. Zivilisation-in-Frage-stellende Sache . . .

Kalle denkt:

Szenen. Im Alltag. Große und kleine Dramen. Hollywood-reif. Nicht inszeniert. Tatsächlich. Passieren. Während wir dran vorbeilaufen. Fahren. Augen auf. Nicht nur bei der Berufswahl. Und Nase, Mund und Ohren auch am besten. Haut und Haar. Das Leben da draußen schreibt die besten Geschichten. Wenn wir sie wahrnehmen. Das Kind, das so begeistert vom Roller ist, dass es nicht auf den Weg achtet. Die Mutter, die hinterherrennt. Und das Kind gerade noch abfangen kann, bevor es auf der Straße landet. Der Mann, der gemütlich über die rote Ampel stolziert und die Hose festhalten muss, damit sie nicht runterrutscht. Was ist die Geschichte dahinter? Die Gedanken konstruieren die Hintergründe. Und man würde gerne wissen, wie weit diese Gedanken von der Realität entfernt sind. Kleine Eindrücke. Persönliche. Eigenarten. So wie ich meine Eigenarten habe. Alle Eigenarten dieser Welt zusammengenommen repräsentieren das Leben. Die Vielfalt. Das, was wir draus machen. Wenn man alle Eigenarten subtrahierte. Hätte man die Basis. Schön, dass wir beides haben. Beziehung. Der Versuch, die Eigenarten eines Anderen zu respektieren. Im Zusammenspiel neue Eigenarten zu kreieren. Rituale. Verständnis. Akzeptanz. Tanzen ist auch ein Zusammenspiel. Führen und geführt werden. Festhalten und loslassen. Geben und nehmen. Alles dabei. Wenn auch mit klarer Rollenverteilung. Klassisch. Bricht auf. Alles. Weil klassisch ist musikalisch okay. Aber bei Weltanschauungen und anderen Einstellungen eher altmodisch. Der Klassik eine Szene machen. Aufdenkopfstellende Sache . . .

Kalle denkt:

Dressur. Pferde. Hunde. Menschen. Jemand soll etwas machen. Was nicht unbedingt in seiner Natur liegt. Ein Hund möchte dann sitzen, wenn er sitzen möchte. Sich kratzen, wenn es juckt. Und nicht unbedingt dann, wenn er soll. Training. Konditionierung. Schule. Funktionieren. Nicht für die Schule, sondern für das Leben lernen wir. Und Noten sind nicht so wichtig. Haha. Schule ist in erster Linie der Ort, wo meine Freunde sind. Menschen, mit denen ich tagtäglich zu tun habe. Der Ort, wo Rollen festgelegt und ausgelebt werden. Gruppendynamik passiert. Gruppen definiert werden. Die Coolen. Die Streber. Die Ruhigen. Lauten. Sportler. Und wen es da noch so alles gab. Kiffer. HipHopper. Die mit den Dreads. Mitunter Schnittmengen. Mobbing. Vorbereitung aufs Leben. Vermischt mit der Frage, wofür ich das eigentlich brauche. Ob ich das jemals in meinem Leben sinnvoll einsetzen werde können. Sofern ich nicht genau das studieren möchte. Physik. Mathe. Integral. Warum ich stattdessen nicht lerne, wie man eine Steuererklärung verfasst. Richtig kocht. Bügelt. Wer hat einem das eigentlich früher beigebracht? Liegt das alles nur am Zerfall der Familie? Individualisierung? Die Frage ist, wer was will. Herrchen oder Frauchen möchte, dass der Hund gut erzogen daherkommt. Die Eltern wollen das Lob einheimsen, dass der Nachwuchs gut geraten ist. Niemand lobt einen für einen Punk. Toll, Du hast Deinem Kind beigebracht, anders zu sein. Bunte Haare. Nadeln in der Wange. Feuerzeug im Ohr. Denn der Nachwuchs soll es ja besser haben. Einfacher. Und das klappt dann halt eben mit Dressur? Entnaturalisierende Sache ...

Kalle denkt:

Geburtstag. Besonderer Tag. Kindheitserinnerung. Früher als sonst geweckt werden. Wach werden. Erst einmal ist alles wie immer. Dann aber. Der feierliche Unterton im „Guten Morgen". Vor der Wohnzimmertür warten. Bis die Kerzen angezündet sind. Alle feierlich im Pyjama versammelt sind. Besungen werdend einmarschieren. Nie hat man lieber dem schiefen Gesang der Eltern gelauscht. Kuchenduft liegt in der Luft. Der Tisch ist vorbereitet. Ein Teller mit der exakten Anzahl der Kerzen. Große für die Zehner-Jahre, Teelichter für die Einer. Grünzeug aus dem Garten garniert den Tisch um den Teller. Nie war Unkraut schöner. Ein paar Geschenke. Im Tuche eingehüllt. Oder in Zeitungspapier. Wird ja eh zerrissen und weggeschmissen. Ein Stück mit dem Geschenk für das Geschwister. Das soll ja auch was bekommen und nicht traurig sein. Kerzen auspusten. Sich was wünschen. Aber auf keinen Fall verraten, was. Und wenn alle auf einen Pusten ausgehen, geht es in Erfüllung. Je älter man wird, desto schwieriger wird es. So ist das Leben. Kuchen als Frühstück. Einzigartig. Erst das 4. Stück wird verweigert. Präsente auspacken. Überraschungen. Natürlich ein paar Klamotten. Aber auch das, was gewünscht wurde. Lange nicht alles. Aber das Wichtigste. Irgendwann doch anziehen. Der normale Tagesablauf beginnt. Was bleibt ist ein erhabenes Gefühl, das durch den Tag trägt. Bis zum Lieblingsessen, das es natürlich zum Abend gibt. Bis zum Einschlafen. In der Vorfreude auf das gleiche Ritual. Im nächsten Jahr.

        Unvergessliche Sache ...

Danke an Gesine. Für das Zuhören. Nachschauen. Korrigieren. Und mitteilen, dass der Kalle gefällt.

Danke an Luana und Maila. Für das Zusammenkommen, um Kalle zu lauschen. Für die Rückmeldung. Und das Sein.

Danke an Bianca. Für die unkomplizierte Zusammenarbeit.

Danke an Petra. Für das Herauspicken von Kalle-Momenten, um sie Illustration werden zu lassen.

Danke an alle, die Kalle lesen, liken, lieben und lobhudeln.

Die Illustratorinnen und Illustratoren samt
Kontaktmöglichkeiten:

Titelbild und Rückseite:
Maila Otto (maila.otto@kommstruktiv.de)

Wordcloud, Striche und „Gimmicks" in Lila:
Bianca Schützenhöfer (office@biancaschuetzenhoefer.at)

„Die Geburt einer besonderen Art III" (Seite 9):
Dirk Becker (dirk70becker@web.de)

Alle Illustrationen bis auf Seite 3 und Seite 9
in diesem Band:
Petra Kölbl (petrakoelbl26@gmail.com)

Alle Texte sowie Geburtstag und der Kalle auf Seite 3,
der blind im „Dinner in the Dark" in Wien gezeichnet wurde:
Marcus Becker (www.schriftstellen.net;
marcus.becker@kommstruktiv.de und
unter Marcus A. Becker auf facebook)